SUCCESSION

DE

DUC DE TALLEYRAND, VALENÇAY ET SAGAN

BIJOUX

ARGENTERIE

PARIS 1900

CATALOGUE

DES

BIJOUX

Collier en diamants

Épingle et Boutons en perles fines

ARGENTERIE

PLAQUÉ

DÉPENDANT DE LA SUCCESSION DU

DUC DE TALLEYRAND, VALENÇAY ET SAGAN

ET PROVENANT DU CHATEAU DE VALENCAY

Et dont la vente aura lieu

HOTEL DROUOT, SALLE N° 7

Le Mercredi 19 Décembre 1900

A DEUX HEURES

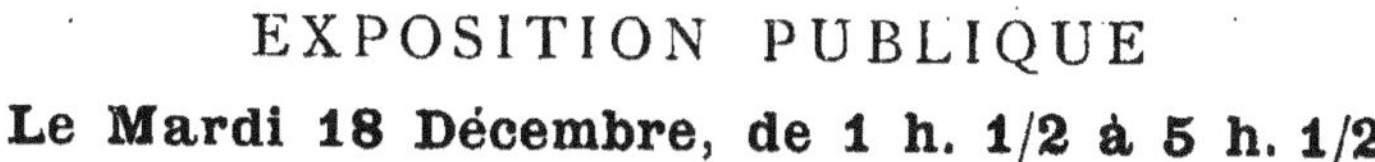

EXPOSITION PUBLIQUE

Le Mardi 18 Décembre, de 1 h. 1/2 à 5 h. 1/2

LE PRÉSENT CATALOGUE SE TROUVE

CONDITIONS DE LA VENTE

Elle se fera au comptant.

Les acquéreurs payeront *cinq pour cent* en sus des prix d'adjudication.

L'exposition mettant le public à même de se rendre compte de l'état et de la nature des objets, aucune réclamation ne sera admise une fois l'adjudication prononcée.

Paris. — Imprimerie de l'Art, E. Moreau et Cⁱᵉ, 41, rue de la Victoire.

DÉSIGNATION

BIJOUX

1 — Collier or et argent, orné de 15 chatons et d'un fermoir en brillants.

2 — Épingle en or, ornée d'une perle fine et de roses.

3 — Trois boutons de chemise, perles, monture or.

ARGENTERIE

4 — Boîte comprenant : 1 cuiller à potage, 3 cuillers à ragoût, 24 cuillers, 48 fourchettes, 18 cuillers à café, 4 pelles à sel, 1 couteau et 1 fourchette à découper.

5 — Boîte comprenant : 3 cuillers à ragoût, 24 cuillers, 48 fourchettes, 18 cuillers à café, 1 cuiller à sucre, 4 pelles à sel, 1 service à découper.

6 — Boîte comprenant : 1 cuiller à potage, 6 cuillers à ragoût, 36 cuillers, 35 fourchettes, 23 cuillers à café.

7 — Boîte comprenant : 1 cuiller à potage, 2 cuillers à ragoût, 17 cuillers, 17 fourchettes, 18 cuillers à café.

8 — Boîte contenant un service à thé composé de : 1 plateau, 1 théière, 1 sucrier avec couvercle, 1 pot à crème, 1 boîte à thé, 1 pince à sucre, 1 cuiller à café, 1 cuiller à bouche vermeil, 1 couteau manche vermeil, lame acier, 1 flacon cristal avec bouchon argent, 1 tasse porcelaine.

9 — Une boîte contenant : 12 cuillers à café, 1 passoire à thé et 1 pince à sucre argent.

10 — Boîte contenant : 23 cuillers, 23 fourchettes et 10 cuillers à café, en argent, et 6 couteaux, lames acier, manches ivoire.

11 — Grand plat rond en argent, bords à filets.

12 — Six plats ronds en argent, bords à filets.

13 — Six autres plats analogues.

14 — Un plat rond en argent uni (maison Aucoc).

15 — Deux grands plats ovales, argent, à bords guillochés.

16 — Trois plats ovales variés, argent, bords à filets.

17 — Grand plateau ovale en argent.

18 — Deux petits plateaux ronds, en argent.

19 — Bidet en argent, dans un coffret en acajou, incrusté de cuivre.

20 — Légumier en argent uni.

21 — Deux légumiers unis avec couvercles argent.

22 — Quatre légumiers à anses, en argent uni, à couvercles surmontés d'une graine.

23 — Écuelle en argent uni, à anses plates, et couvercle surmonté d'une graine (maison Aucoc).

24 — Porte-huilier ovale en argent uni.

25 — Porte-huilier en argent, Empire.

26 — Pot à lait de forme carrée, en argent guilloché.

27 — Dix salières, en argent et cristal taillé, et huit pelles à sel.

28 — Cafetière avec réchaud en argent.

29 — Théière à côtes droites, en argent, avec passe-thé vermeil.

30 — Chocolatière en argent, à manche d'ivoire (maison Odiot).

31 — Chocolatière de forme droite, en argent uni, à manche d'ébène.

32 — Chocolatière en argent uni, intérieur en vermeil.

33 — Cafetière en argent uni (maison Odiot).

34 — Pot à lait, argent uni.

35 — Deux timbales, l'une en argent uni, l'autre en argent guilloché.

36 — Dix dessous de carafe en argent.

37 — Passoire à thé en argent, à manche d'ivoire.

38 — Quatre porte-couteaux en argent.

39 — Deux pelles à beurre, argent, à manches d'ivoire.

40 — Une cuiller à potage, argent.

41 — Six cuillers à sauce, variées, argent.

42 — Cinq fourchettes à huîtres, argent, à manches d'ivoire.

43 — Ciseaux à raisin en vermeil.

44 — Cuiller à moutarde en argent.

45 — Une brosse à pain, garnie argent.

46 — Pince à sucre, argent uni.

47 — Deux cuillers à punch, argent.

PLAQUÉ

48 — Quatre plateaux ronds, en métal gravé et argenté, à bords feuillagés.

49 — Grand plateau à anses, guilloché.

5o — Théière, sucrier et pot à crème en métal argenté, à décor de feuillages.

51 — Deux plats ovales à filets en métal argenté.

5ᴤ — Plat creux à compartiments, avec couvercle, métal argenté.

53 — Corbeille à pain, en métal repoussé, gravé et argenté.

54 — Bouilloire en plaqué, avec réchaud à décor de feuillages ; poignée en ivoire.

55 — Bouilloire avec réchaud en métal argenté.

56 — Écuelle couverte et plateau en métal argenté ; bords à filets.

57 — Six seaux à champagne, de formes variées,
en métal argenté.

58 — Deux réchauds ovales avec cloches (maison
Christofle).

59 — Réchaud à œufs à la coque, monté sur tré-
pied en métal argenté.

60 — Huit réchauds ronds, à eau, et deux cloches.

61 — Quarante-sept cuillers et quarante-huit fourchettes en ruolz.

62 — Vingt-deux couteaux à dessert, manches en
bois noir et lames argentées.

63 — Vingt-quatre cuillers, 24 fourchettes, 24
cuillers à café, 48 couteaux, 1 cuiller à sucre,
2 cuillers à compote, le tout en aluminium.

64 — Théière nickelée avec support.

65 — Trois passe-thé, 1 pince à sucre en forme
de ciseaux, 2 pinces et 15 porte-couteaux, le
tout en métal argenté.

66 — Un couteau et une fourchette à manche en
corne de cerf.

67 — Deux cuillers à compote et une pince à as-
perges en ruolz.

68 — Deux porte-rôties, métal argenté, 4 passoi-
res et 1 coquille à thé, et 10 étiquettes à vin.

69 — Dix dessous de carafe, variés, en ruolz.

70 — Six théières, en métal anglais.